El primer día de colegio:
Una sonrisa para Karen Amanda

EUGENIO MIGUEL DEDIEGO

Reservados todos los derechos. No se permite la reproducción total o parcial de esta obra, ni su incorporación a un sistema informático, ni su transmisión en cualquier forma o por cualquier medio (electrónico, mecánico, fotocopia, grabación u otros) sin autorización previa y por escrito de los titulares del copyright, excepto breves citas y con la fuente identificada correctamente. La infracción de dichos derechos puede constituir un delito contra la propiedad intelectual.

El contenido de esta obra es responsabilidad del autor y no refleja necesariamente las opiniones de la casa editora. Todos los textos e imágenes fueron proporcionados por el autor, quien es el único responsable por los derechos de los mismos.

Publicado por Ibukku, LLC
www.ibukku.com
Diseño de portada: Ángel Flores Guerra Bistrain
Diseño y maquetación: Diana Patricia González Juárez
Copyright. © 2024 Eugenio Miguel Dediego
ISBN Paperback: 979-8-89727-003-3
ISBN eBook: 979-8-89727-004-0

"A mis hijas, Karen y Cata"

Karen Amanda duerme muy tranquila, mientras el abuelo Lorenzo cabecea y deja escapar un hilillo de baba, el cual se precipita desde su boca para caer sobre el brazo que tiene apoyado sobre la mecedora. Él sostiene entre sus piernas el viejo libro de cuentos, del cual le lee a Karen Amanda un cuento antes de dormir cada noche. La habitación es pequeña, colmada de juguetes multicolores que se encuentran por todos lados; una muñeca de trapo parece aferrada a una de las patas de la cama sencilla donde ella dormita. Una ráfaga de aire ingresa con ímpetu y el abuelo tose, se mueve en la mecedora; intenta ponerse en pie, pero no puede y el libro cae al piso. Observa a Karen Amanda, que apenas se mueve, estirando una pierna.

—Yo creo que ya es tiempo —dice para sí, a la vez que arropa a Karen Amanda. La besa en la frente y sale, dirigiéndose a su habitación. La claridad de la luna ilumina la habitación, cuando la figura cansada del abuelo ingresa. Se pone de rodillas al borde de la cama y extrae un baúl mediano, en cuya tapa aparecen grabados rostros de aborígenes riendo, asombrados, gritando, alegres, malhumorados, etc. Él abre el baúl y una luz proyecta sus rayos desde su interior a las cuatro esquinas de la habitación. Saca del baúl dos objetos envueltos en papel regalo; se levanta y con su pie empuja el baúl bajo la cama.

El abuelo camina lento, llevando en sus arrugadas manos los dos regalos. Se detiene en la entrada de la habitación de su hija Carmenza. La observa sollozante, pero se tranquiliza al ver que la causa es la telenovela que a esa hora ella ve, noche tras noche y en la cual una mujer sufre las humillaciones de un marido infiel. El televisor reposa sobre un armario grande, compartiendo ese espacio con frascos de crema, perfumes, elementos de maquillaje, cajitas de cartón. El abuelo ingresa y la besa en la frente, deseándole unas buenas noches que ella responde distraídamente, por no perder la secuencia de la telenovela.

"El poderoso dragón lanza algunas bocanadas de fuego y los aldeanos huyen asustados. Karen Amanda está en el camino de la bestia". Ella se remueve en su cama al soñar con ese último cuento narrado por el abuelo, quien en ese instante ingresa, le coloca entre las tibias manos los dos regalos, luego se sienta en la mecedora que está al lado de la cama, toma el libro de cuentos, lo abre sobre sus piernas y sonríe. El viento se enfurece, formando ráfagas de aire tibio y moviendo las hojas del libro. Las luces titilan y el abuelo inclina su cabeza, mirando a Karen Amanda, así fallece, ante los mudos testigos que son los juguetes, los héroes en los afiches de las paredes, las muñecas de trapo, quienes sienten el último suspiro de vida dado por el abuelo Lorenzo.

Las luces del nuevo día se filtran por todas partes, iluminando la humilde vivienda de la familia López. Karen Amanda abre sus ojos negros, iluminando su bello rostro. Ella tiene aferrados los regalos; se alarma mucho al ver al abuelo Lorenzo aún en la mecedora.

Deposita los regalos sobre la cama. Se calma al notar una sonrisa en el rostro del anciano. Las jirafas y elefantes rosados de su pijama parecen ansiosos por saber qué le sucede al abuelo. Ella se le acerca y le empuja sobre el hombro.

—¡Abuelito! ¡Abuelito, despierte!

Pero el abuelo no despierta, por lo tanto, ella se dedica a leer la tarjeta de los regalos.

"PARA MI KAREN… DE SU ABUELO". Aferra con fuerza el papel regalo que cubre los objetos, intenta romperlo, pero el papel no cede; busca en un cajón y toma unas tijeras, pero al probar con ellas, no puede cortar el papel que se asemeja a una lámina de acero. Decide colocar los regalos debajo de su cama y sale presurosa llamando a su madre, quien está en la cocina preparando el desayuno.

—¡Mami! ¡Mami! El abuelo no despierta… ven, vamos a mi cuarto —le grita la niña a su madre, quien llega aprisa para ver qué sucede.

—Cómo así que no despierta, ¡ah! —cuestiona la madre al tiempo que ingresan en el cuarto de Karen Amanda. A la madre se le encharcan los ojos y un leve arco iris aparece, ocasionado por la luz sobre sus párpados.

—¿Por qué lloras, mami? —pregunta Karen Amanda, mientras frota sus manos contra la pijama. La madre avanza hacia el abuelo, le retira el libro de cuentos de sus piernas.

—El abuelito se murió, mija. —Sollozando, busca una cobija de soles y lunas que se encuentra en los cajones de la ropa de cama de Karen Amanda, quien se ha quedado quieta, observando al abuelo.

Nerviosa exclama:

—¡Pero está riéndose, mami!

—Es una sensación de la cara, parece feliz, pero él está muerto —replica la madre algo más calmada. Karen Amanda abraza a su madre y ambas lloran. Salen con cierta parsimonia de la habitación, dejando la cobija sobre la cama—. Si el abuelo se va para el cielo, ¿nos quedamos solas, mami? —dice sollozante la niña.

—Su abuelo está ahora con los ángeles... yo voy a cuidarte y a leerte los cuentos... El abuelo nos cuidará. —La madre seca las lágrimas de la niña, luego, instalada en la pequeña sala, toma el teléfono y llama para arreglar los detalles del entierro del abuelo. Un viento frío corre a través de los muebles tubulares, pasa por la mesita del teléfono y choca contra la pared. La madre está pensativa—. Tu primer día de colegio quedará para después; debo arreglar todos los detalles del entierro. —La niña no la escucha porque está de nuevo en la habitación, observando al abuelo. Karen Amanda siente una sensación de alegría, seguida por una calma que la relaja; al instante la imagen del abuelo hablándole aparece ante sus ojos.

—Vas a ser un excelente bachiller, mi Karona —se escucha la voz de un abuelo emocionado que sonríe con una cara llena de amor.

—Pero no voy a compartirlo contigo, abuelito —dice con tristeza la niña.

—Ya era el momento de irme... Mi cuerpo estaba muy cansado, pero voy a estar siempre contigo, ¡mi espíritu!, no lo olvides, ni lo pongas en duda —le asegura, mientras su imagen se va desvaneciendo. La niña intenta aferrarla, pero no puede.

Solo la sonrisa parece continuar en el rostro del abuelo. La niña toma el libro de cuentos de la mesa y lo coloca de nuevo sobre las piernas del viejo. Busca bajo la cama los regalos y los introduce en su maletín escolar, junto a los nuevos cuadernos que fueron marcados por la letra del abuelo. Ella toma uno y detalla la letra. La voz del abuelo se escucha:

—No debes estar triste, mi Karona, voy a estar siempre contigo.

La niña enjuga sus lágrimas y en ese instante llega su madre.

—No debes estar aquí, ¡vamos, mi niña! El abuelo debe descansar en paz. —La niña observa la sonrisa del abuelo, mientras su madre lo ve como un muerto normal y lo cubre con la cobija. Salen abrazadas de la habitación.

Don Lorenzo fue enterrado en uno de los dos cementerios de la ciudad, en una tarde lluviosa y opaca. Karen Amanda y su madre regresaron a la pequeña casa, que ahora se sentía más sola que nunca.

En una noche clara, en donde una inmensa luna llen el firmamento y filtra su luz por la ventana de Karen, su madre intenta leerle un cuento del libro, pero es inútil porque la tristeza que invade el corazón de la niña la posee.

—Y el príncipe estaba indeciso… besarla o no… ¿Qué hacer? —dice la madre entusiasmada, ante el bostezo que deja escapar la niña—. No quieres saber qué pasó con el príncipe, mi niña —pregunta la madre y la niña niega moviendo su cabeza—. Ya te expliqué. Después del entierro, el abuelo se fue para el cielo —dice algo ofuscada.

—¿Y por qué lo metieron en esa caja? —pregunta la niña a la vez que se chupa el dedo pulgar.

—A ver… allí metieron su cuerpo, pero su alma… —dice ella algo más calmada.

—Abandonó su cuerpo

—Pero por qué tenía que morirse —dice la niña subiendo el tono.

Ella lleva los dedos a su cabeza y se rasca, ante la pregunta de la niña.

—Entiendo que el abuelo era muy especial contigo, pero las cosas no pueden cambiar ya —dice algo confundida la madre.

La niña mira una fotografía que está en la mesita, en la cual están su madre, la hija y el abuelo.

—Él dijo que nunca me dejaría —dice sollozante la niña.

Karen Amanda está muy triste y melancólica. Su día se torna en una rutina aburrida, donde ha olvidado a sus muñecas de trapo en una bolsa; el libro de cuentos permanece sobre una mesita, cual piedra fría empieza a cubrirse con una capa de polvo. Ya no ve la tele como antes. Se encierra en su habitación y las risas de antaño ya se han ido a buscar a otras niñas.

Su madre está muy preocupada y teme por el estado de ánimo de Karen, porque puede enfermarse. Las dos están sentadas tomando el desayuno y a la madre le entusiasma el primer día de colegio de Karen Amanda; lo ve como la recuperación de su hija, que le permitirá olvidar ese trance amargo por el cual pasan.

—¿Quieres más juguito, mami? —dice muy animada y sonriendo.

—No, no quiero más.

Karen come con desgano. El pan tajado con mermelada, el jugo de guayaba y los huevos no le saben a nada, todo está simple. La niña cree ver al abuelo sentado, acompañándolas en la mesa.

Su madre sonríe nerviosa y dice:

—Vas a ver que vas a tener muchos amiguitos. En ese colegio hay tantos niños; ¡deben de jugar a toda hora!… ¿Si me estás escuchando, Karen?

—Sí, sí te escucho. —Algo distraída, comprueba que los regalos permanecen en su maletín escolar, al tiempo que su madre trata de bromear.

—Y de lonchera qué, ¡ah!

—Tú sabes que al bachillerato no se lleva lonchera.

—Verdad que sí, ¡mi bachiller!

Se quedan en silencio y terminan de desayunar. La madre se queda pensativa, mientras Karen se levanta y se dirige al baño donde cepilla sus dientes frente al espejo. A los pocos minutos escucha la voz de su madre.

—¡Apúrate, mi amor! Vamos a llegar tarde al colegio.

***

En el parque de los Juegos Eternos, niños de todos los colores juegan por siempre, sin la presencia de adultos a la golosa, al trompo, a las canicas, al papá y a la mamá, a la coca, etc. Estos niños irradian felicidad por sus poros y sus juguetes cambian en infinidad de vivos colores; sin embargo, la presencia de una extraña anciana, augura el final de la dicha y la diversión. Sombra se ha transformado en esta anciana, de traje gris, sandalias de cuero y una verruga en la nariz. Ella lleva una canasta que contiene mangos verdes con sal, los cuales ofrece a los niños. Camina encorvada, apoyada en una rama seca y gruesa.

—¡Mangos! ¡Mangos con sal! ¡Gratis! ¡Gratis!, pregona la anciana a la vez que se acerca a unas gemelas que se destacan por su habilidad para el juego de la golosa. La anciana sopla sobre los mangos un hálito oscuro, el cual les da un brillo intenso a dichas frutas.

—Estas serán las Terremoto —dice para sí la malvada anciana. Los niños dejan de jugar y se aglomeran en torno a aquella mujer—. Estos son especiales, de mis preferidos, para ustedes —dice sacando un par de los mangos y obsequiándoselos a las gemelas.

—¡Qué delicia! —dice la gemela clara saboreando, al tiempo que muerde la fruta.

La gemela oscura frunce el ceño y dice:

—¡Umm! Más sal, por favor.

—Con gusto, están sabrosos, ¿no es cierto? —Los niños asienten moviendo sus cabezas, de arriba hacia abajo, con rapidez y abriendo tamaños ojos. Los mangos cubiertos con fragmentos de sal van pasando de mano en mano y cuando parece que ya se agotan, la anciana sacude la canasta y estos se multiplican; la coloca en el piso y los niños se empujan entre sí, por comerse un mango más. La anciana, sin mucha prisa, se aleja de ellos. Su rostro arrugado refleja la intención malévola que tiene, y es así cómo detrás de un arbusto cercano arroja la rama seca, la cual vuelve a ser una serpiente que se arrastra hasta perderse; sombra sale del cuerpo de la anciana, en forma de un humo espeso y oscuro, el cual se eleva y desaparece del lugar. De la anciana solo quedan unas montañitas de ceniza.

—Qué se hizo la abuelita —pregunta la gemela oscura, a la vez que saborea la sal que tiene en los dedos.

—Se fue y no le dimos las gracias —dice la gemela clara a la vez que grita, muy agresiva, con una mirada perdida.

—¡Vamos a jugar!

La canasta queda maltratada, olvidada a un lado de donde está dibujado el juego de la golosa.

Los niños reinician sus juegos, con el sabor amargo de los mangos en sus bocas y la sensación de náusea, de dolor creciendo en sus corazones, ante un cielo que se va tornando plomizo.

***

La gran edificación se muestra imponente, con sus balcones y ventanales que dan a la calle.

Tres pisos de conocimientos, en concreto y acabados en finas maderas; un portón en guayacán, con grabados e inscripciones talladas, sirve de fondo para que Karen Amanda se despida de su madre, quien la acompaña a la entrada del colegio. Karen luce una jardinera rosada, blusa y medias blancas, mocasines vino tinto. La madre solloza, y en seguida besa en la mejilla a la niña.

—Mi niña, cuando menos pensemos ya serás una señorita. Imagínate, ya en bachillerato —dice la madre mientras a Karen le palpita el corazón ante la nueva experiencia que iniciará—. Mira, te compras algo en el recreo —dice algo más animada, a la vez que le entrega un billete.

—Recreo no, es descanso. Si dices recreo aquí, te dicen escuelera.

La mayoría de los niños ya habían ingresado al plantel.

Karen era una de las rezagadas y a quien la institución, representada por una profesora, le había dado una espera especial.

—No olvides el salón, 6-A. Te presentas con la señorita Liliana Torres, una monita de ojos azules.

—Como medio locata, en el primer piso —replica la niña—. ¿Cuántas veces me lo vas a decir?

—Pido permiso en la oficina y vengo por ti a la salida.

—Sí, mami. Tranquila.

—Y ponga una carita mejor, mi amor.

La madre le bendice con su mano derecha y la observa ingresar al edificio. Seca una lágrima que se le escurre. Karen Amanda desaparece tras la pesada puerta.

Karen Amanda se acerca al salón 6-A. La puerta está abierta y ella ingresa en silencio.

—Buenas noches, Karen Amanda —le dice con tono irónico la profesora Liliana por su tardanza.

Karen Amanda, maletín a la espalda, se detiene y busca un sitio libre para sentarse.

—Siéntate allí, al lado de las santas —dice secamente la profesora.

Karen Amanda se sienta al lado de las gemelas, una oscura y la otra clara, quienes la reciben de mala gana, le sacan la lengua, le tuercen los ojos.

—¡Buuu! ¡Buuuuu! —se dejan escuchar las gemelas. La profesora les lanza una mirada y ellas se quedan quietas.

Karen Amanda retira el maletín de su espalda y se sienta donde le indicó la profesora.

—Bueno, sigamos con la clase... A ver, ¿en qué íbamos...?

Un timbre suena tres veces y su sonido llega a todos los rincones del colegio, seguido del escándalo que producen los alumnos al salir de sus salones, para un breve descanso. Karen Amanda se siente perdida entre el tumulto; angustiada y confundida, avanza con un grupo de niñas, hasta llegar al baño. Ella, con su maletín, se encierra en uno de los baños. El timbre vuelve a sonar y las niñas regresan a sus salones, sin echar de menos la ausencia de la nueva compañera.

Karen Amanda se sienta en el piso del baño, abre su maletín y extrae uno de los dos regalos, que permanecen sin abrir. Ella intenta romper el papel y, para su sorpresa, la envoltura cede con facilidad y la figura alargada de un lápiz sonriente hace su aparición.

—¡Hola!, ¿cómo estás? —le dice el sonriente lápiz a la niña. Ella se asusta y lo deja caer—. Con cuidado, por favor, me puedo quebrar... Tengo la punta muy fina.

Karen Amanda lo observa de arriba abajo. El lápiz parlante presenta dos piernas y dos brazos, guantes blancos y cuerpo amarillo; sobre su cabeza, un rojo borrador, su cara posee ojos saltones y una boca con una sonrisa fija.

—¿Cómo puedes hablar? —pregunta asustada la niña.

—Yo no sé, pero me divierte. Tu abuelo no te contó nada.

—No me dijo nada de ti —dice algo más calmada.

—Pues te diré, mi linda Karona. Me llamo Piloso.

—¿Cómo sabes mi nombre?

Piloso fingiendo dolor dice:

—Tu abuelo marcó tus cuadernos con mi sangre, ¡ah! ¡Qué tragedia! ¡Ahhh! Sé muchas cosas de ti y puedo hacer muchas cosas por ti.

Piloso estira su cuerpo y mira por arriba de la puerta del baño, que se iba cerrando.

—No hay moros en la costa, puedes salir, mi niña.

—Quién te dijo que quiero salir.

Piloso vuelve a su tamaño y dibuja un rollo de papel higiénico, el cual materializa y se lo ofrece a Karen Amanda.

—Gracias, pero no lo necesito.

—No hay problema, lo borraré —dice Piloso al tiempo que estira su rojo borrador para desaparecer el papel.

—No, déjalo aquí, por favor. Puede hacerle falta a alguna niña.

—Cosas mil, dibujarlas puedo yo, estirarme hasta el fin y encogerme así; enfrentar a las fieras o esconderme así... ese soy yo, súper Pilosín, ¡yeah! —canta Piloso muy animado.

—Pues no sé, para qué quiero un regalo así. Tal vez, para que me hagas las tareas.

Piloso se mueve, como si danzara; sacude sus manos, da leves saltos y su cara siempre sonriendo parece llena de vida.

—El viejo me dijo que las tareas eran solo tu responsabilidad.

—Pues no quiero saber nada, ni aprender nada de nada. Este colegio no me gustó. Quiero irme... y tú, Pilosín, métete al maletín, que me voy de aquí —dice Karen Amanda. Ofuscándose le enseña a Pilosín el maletín, y abre enseguida la puerta del baño.

—Yo puedo sacarte de aquí, pero debes saberlo pedir; sin gritar y con moderación.

Karen Amanda manipula una palanca y libera el agua del sanitario.

—¡No! Por allí no nos vamos —dice Piloso aterrado.

—Por favor, ayúdame a salir de aquí.

Piloso se enternece ante el pedido de Karen Amanda. De inmediato dibuja en el vacío un orificio, el cual queda a la altura de la cabeza de la niña. Parece haber un remolino de agua en el centro del orificio, pero son imágenes que pasan a súper velocidad. Una escalerilla desciende por el orificio y Piloso invita a la niña para que lo siga. Ella organiza su maletín y se lo cruza sobre la espalda.

—Es mejor salir por aquí, que por allá —dice señalando el sanitario.

Karen Amanda sigue a Piloso que sube por la escalerilla. Finalmente, ambos desaparecen a través del orificio, el cual se cierra en el vacío, mientras el agua del sanitario vuelve a su nivel.

Karen Amanda y Piloso aparecen cerca al parque de los Juegos Eternos, en el cual están los niños jugando. La niña se emociona al observar la aparente diversión, pero al tratar de avanzar, ella casi cae a un abismo. Piloso, quien la sujeta por un brazo, ha igualado el tamaño de Karen Amanda, estirándose.

—¡Uy! De la que me salvé. Piloso, puedes ayudarme, por favor —dice la niña suplicante.

—Para que vuelvas a sonreír, yo hago lo que sea, ¡lo que sea!

—Entonces, trae a mi abuelo —dice algo melancólica.

Piloso permanece en silencio. Ambos miran el abismo, que es profundo, pero angosto y del cual emanan gases venenosos y un calor intenso. Piloso con un tono serio dice:

—Eso no puedo hacerlo. A los muertos se les deja quietos.

El tono de voz de Piloso, vuelve a ser alegre.

—A este abismo lo domino.

Al instante, Piloso se acuesta sobre el borde del abismo, estira su cuerpo, sin llegar aún al otro extremo. Ella camina sobre el improvisado puente, pero al terminarse se detiene.

—Para seguir, debes confiar que no caerás.

Karen Amanda, tranquila y sin temor, continúa caminando. Piloso se estira y soporta cada paso hasta que ella pasa el abismo, dejando escapar un suspiro de alivio.

—Siempre ten confianza y lograrás lo que sea —dice Piloso a la vez que se encoge y ella lo guarda en su maletín. Por fin, Karen Amanda puede estar cerca de los niños.

—¿Me dejan jugar?, ¿sí? —dice suplicante Karen Amanda dirigiéndose a las niñas de la golosa, las cuales están de muy mal humor.

—¡Espera tu turno! —grita la gemela clara, mientras la gemela oscura se prepara para su oportunidad—. ¡Voy yo! —gruñe a la vez que salta sobre el primer cajón de la golosa y al tocar el suelo la tierra tiembla de inmediato. A Karen Amanda se le cae el maletín y los cuadernos, el regalo y Piloso, se dispersan sobre el piso de tierra.

—Con cuidado, no brinques tan fuerte... ¿Por qué todos están comiendo mangos verdes? — comenta y pregunta Karen Amanda, ante lo cual, la gemela clara gruñe, zapatea de mala gana ocasionando sucesivos temblores y ondas tan fuertes que levantan por los aires a los niños que apuestan grandes sumas en las canicas; sus billetes se elevan en un remolino. Los que discuten jugando al papá y a la mamá también son sacudidos por la protesta de la gemela.

—¿Qué fue eso? —dice el papá.

—No me cambie el tema, mijo —dice agresiva la mamá.

—Pues no me cambie el tema, no ve cómo tiembla…

—Sí y qué. Que tiemble todo lo que quiera, pero eso no le quita lo irresponsable.

—¿Y? Para eso soy el del billete, ¡ah!

El papá arroja los platos, en los que simula comer, al piso y la mamá llora.

Algunos niños rabian porque las cocas están muy pesadas y no pueden levantarlas; a los trompos no hay hilo que los haga bailar. Karen Amanda y Piloso que se recupera de la repentina caída, observan el caos que hay entre los niños al no poder controlar sus juegos eternos. Karen Amanda insiste con un lacónico:

—Por favor, ¿me dejan jugar?

Las gemelas asienten.

Todos están expectantes porque desean saber qué sucederá con Karen Amanda. Ella brinca sobre el primer cajón de la golosa, después de haber arrojado un tejo, pero no sucede nada y la nada se mezcla con los suspiros de los niños que temían un temblor mayor.

—No jueguen más, es lo mejor y así no tendrán problemas —dice Piloso, mientras estira y encoge su cuerpo, y organiza la cara que se le desordenó.

—No, Piloso, el juego es lo mejor... Los niños necesitamos jugar mucho... La vida es jugar y jugar.

—Sí, mi Karona, pero aquí cómo que sucede lo contrario.

Los niños continúan jugando, agresivos, malhumorados y la tierra temblando. Piloso deambula por los alrededores y descubre la canasta de los mangos. Karen Amanda se muestra pensativa.

—¡Mira lo que hay aquí! —dice Piloso abriendo unos ojos de asombrado.

Karen Amanda revisa los mangos que aún quedan en la canasta y muy segura dice:

—Estos mangos están en mal estado... Debe ser esto; todos están comiendo esos mangos contaminados. —Algunos niños aún consumen los mangos verdes, los cuales ya no son tan verdes, sino algo oscuros y con mal olor.

Mientras tanto, frente a la puerta de la cabaña de la familia RanaToro, Sombra se transforma en un bebé de esa especie de ranas; llora a todo lo que puede dar y la señora RanaToro, quien está embarazada, abre la puerta. La señora deja ver sus cuernos dorados. Ella viste un delantal camuflado sobre un ancho vestido rojo. Al ver al bebé se compadece y lo recoge. El bebé no detiene su llanto:

—¡Muuubrooomuuu! ¡Brooobrooo!

—Pero mira qué ternura de bebé, ¡ay! ¡Qué ojos tan hermosos! ¡Agu! ¡Agugu! —La señora RanaToro no ve más allá de lo que la emoción le permite; esos ojos solo reflejan un interior de caos.

La señora RanaToro toma al bebé entre sus pezuñas y se dirige hacia el corral, donde su esposo, el doctor RanaToro se divierte, al ser toreado por su capote volador verde. Ella llega y ve cómo los cuernos rojos del marido intentan atrapar el capote. Él viste una bata camuflada, sin mangas, la cual usa suelta. Sus pantalones azules son cortos. Al acercarse al bebé que intentaba calmarse, este vuelve a llorar.

—Ya lo asustaste. Mejor voy a prepararle un tetero… debe tener hambre. El doctor RanaToro se asombra y deja de embestir al capote, cuando ya su esposa ha dado la vuelta marchándose del corral, la señora llega a la cocina de la cabaña, coloca al bebé en una canasta mientras prepara el tetero. Toma un tarro en el cual se lee: "LECHE SAPOLTECA, LA SUPERIOR".

—Voy a prepararte un súper vitaminizado, bien delicioso, ¡ya verás!

Ella tararea una canción de cuna mientras prepara el tetero, pero el bebé no se muestra tierno; sus ojos agresivos calculan la dimensión del daño que causará.

***

En el parque de los Juegos Eternos, Karen Amanda descubre la causa de la agresividad y mal humor de los niños. Ella abre un mango y una cantidad de gusanitos negros brotan.

—¡Uy! ¡Qué asco!… ¡Ya lo tengo, Piloso! Dibújame, por favor, unas nubes de algodón de azúcar.

—Y eso para qué, mi Karona; las vas a hacer llover acaso…

—Ya verás, confía en mí —dice muy segura.

Al instante Piloso dibuja nubes de algodón de azúcar, de múltiples colores y tamaños. Karen Amanda toma un fragmento y le da de comer a una de las gemelas.

—Mira qué delicia de nube —dice Karen Amanda con amabilidad.

—¿Por qué habría de comer algo así? —pregunta agresiva la gemela.

—Te la cambio por ese mango... ¡Y es gratis! —insiste Karen Amanda.

Al escuchar "gratis", acepta el cambio. La gemela come el pedazo de nube y una sonrisa se dibuja en su rostro.

—¡Funcionó! Funcionó, Piloso; ayúdame a darles a todos los niños, y tú también —le dice a la gemela que sonríe.

—¿Qué pasó? Dice confundida la gemela oscura.

—Tranquila, todo está bien —le responde Karen Amanda.

Todos los niños comen de las nubes de algodón de azúcar. El efecto es instantáneo: vuelven a ser amables, sus carcajadas lo invaden todo en el parque y de esta manera retoman sus juegos sin ninguna dificultad.

—Si funcionó con estos niños, puede que contigo también; así podrás recuperar tu sonrisa, ¡inténtalo! —le indica Piloso.

Karen Amanda se come una nube de algodón de azúcar por completo.

—Es inútil, no siento nada —dice Karen Amanda muy melancólica.

—Vamos a jugar con los niños... A lo mejor te sube el ánimo.

—¡Vamos!

Ambos recorren cada juego y en cada uno de ellos participan; son aceptados como unos niños más, pero Karen Amanda se cansa y decide que ya es tiempo de partir.

Toma su maletín, se despide de los niños y en compañía de Piloso se marchan; ellos salen del parque, se acercan al abismo, el cual se cierra al instante y así, prosiguen su rumbo.

La niña y el lápiz parlante avanzan por un camino cuyo piso está reseco, lleno de polvo y piedras, con pinos secos a lado y lado. Ellos van tarareando una canción.

—Por el camino iba yo un día, ¡Iba! ¡Iba!

—¡Iba! ¡Iba! ¡Iba! —Piloso va coreando.

—Cuando de pronto saltó un sapo, ¡croa! ¡Croa! ¡Croa!

—¡Croa! ¡Croa! ¡Croa!

Un hombre aparece por el camino, manejando una motocicleta, la cual posee dos enormes bafles que suenan a todo volumen y opaca la canción de Karen Amanda.

Ellos observan cómo la chaqueta llena de medallas del hombre destella lucecitas y se les aproxima.

—¡Qué escándalo es ese! ¡Ni que fuera fiesta! —dice molesta la niña.

El ruido se hace más intenso. El hombre se acomoda la gorra deportiva y el pantalón; toma el micrófono.

—Señoras y señores...

De inmediato un coro de risas, coordinadas, se escucha.

—¡Je, je, je! ¡Ji, ji, ji! ¡Ja, ja, ja!

—¡No puede ser! De nuevo, otra vez —se lamenta el hombre, al tiempo que desciende de la motocicleta y se presenta así:

—Soy el general Estrella. —Enseña su blanca dentadura—. Sí, señor, ese soy yo. Experto en conflictos, relaciones sociales; asesor de los más poderosos y no por eso, menesteroso...

Extrae de su motocicleta una lista de diplomas que caen unidos entre sí, por una tira plástica. —Estudiado sí soy, tengo diplomas hasta de la organización internacional de diplomas; soy capaz hasta de cogerle un rayo por la cola. ¡Ese soy yo! —Hincha su pecho con orgullo.

—Sabe usted mucho, don general Estrella... Y esas risas... Me pareció que se burlaban —dice la niña.

—Qué te diré, mi niña... Vamos por partes. Primero no soy don, me siento viejo. Quítame el don. ¿Y cómo te llamas?

—Karen Amanda... Le dije don porque usted inspira respeto... Pero las risas...

—Y este simpático amiguito —dice el general evadiendo la pregunta de la niña. Les entrega sus tarjetas de presentación personal.

—Mi nombre es Piloso, sí señor. ¡Ese soy yo! —dice Piloso orgullosamente.

—Karen Amanda, ¿ese es tu nombre? ¿Sabes algo de reparaciones?... Tiene que ver con las risas.

—¿De cuáles? —enfatiza la niña.

—Es mi público. Siempre me han vitoreado, me han aplaudido, pero desde hace poco solo escucho esas risas tan falsas —dice el general algo nostálgico.

—Hable, a ver qué pasa —le dice la niña enternecida.

El general Estrella intenta hablar por el micrófono, pero las risas lo acallan. A través de los bafles se deja oír un coro:

— ¡Ja, ja, ja! ¡Je, je, je! ¡Ji, ji, ji!

—General, por favor, hábleme de su discurso... Y deje ese micrófono —le dice la niña.

Piloso se dedica a observar en detalle la motocicleta. Un viento fuerte eleva hojas y ramitas secas a los aires, mientras ellos se cubren los ojos.

—Me gusta el micrófono... Siempre inicio con un "señoras y señores", bien sonoro; luego hablo del dolor, de la tragedia, del proyecto para mejorar, de los nuevos impuestos que hay para crear, de los amigos por nombrar y así sigo hasta terminar y no sé por qué se ponen a llorar.

—Y todavía pregunta el porqué —le responde Piloso, secándose las lágrimas.

—Yo creo que debes empezar saludando a todos, no a las señoras y señores. Hable de cosas bonitas, y sin gritar —interviene la niña.

—¡Eso es! Tengo una excelente idea —dice entusiasmado el general Estrella. Abre una portezuela en uno de los bafles y una multitud de personas aparece colmando una plaza.

—Les pido una oportunidad, tan solo una... Yo sé de mis errores y quiero que me escuchen esta vez —dice suplicante el general a la concurrencia, la cual se acomoda en las bancas, a la sombra de los árboles, algunos con radios de bolsillos, todos a la expectativa, se les puede ver a través de la portezuela del bafle. Piloso dilata sus ojos, como si así escuchase mejor al general. La niña le guiña el ojo, con sus dedos simboliza la victoria y le desea éxito al general. Él le devuelve el gesto y toma el micrófono que parece a punto de volar, por los nervios del orador.

—Bue... nos días, mi gente bella, colegas de la vida, niños alegres, abuelos chéveres, papás cariñosos, mamás amorosas, jóvenes entusiastas, toda mi gente. Somos una única sangre, un solo corazón, un pueblo de exitosos, aquí los creadores se dan a manotadas, a diario construimos la esperanza.

Al general le brillan los ojos, como pepitas de oro en la confusión que parece poseerlo, pero una lluvia repentina de aplausos y vivas se desgaja de la multitud, aturdiendo hasta al más distraído. El general apaga el micrófono y emocionado se dirige a la niña.

—Gracias, Karen Amanda; te agradezco mucho. Me hacía falta el oxígeno del aplauso, la savia de los vivas.

Soy de una descendencia condenada al aplauso; sin el aplauso y los vivas nunca sería feliz.

—¡Qué bueno sentirse así de bien! —dice la niña con un tono melancólico.

—Como agradecimiento, permítanme acompañarlos. ¿Y hacia dónde se dirigen, por este camino tan seco?

—Hacia la felicidad —responde Piloso.

—¡Ah! ¡La felicidad! Están cerca.

El general silba una tonada, mientras ellos retoman la marcha. Avanzan escoltados por el general, hasta que el camino se divide y él levanta su mano despidiéndose, acelera su motocicleta y desaparece tras una polvareda.

—Qué tal el general, ¡ah! —dice irónico Piloso.

—Tiene un buen equipo de sonido.

—¡Puede ser presidente! —bromea Piloso con su comentario. Karen Amanda desaprueba con un gesto de su cara. Piloso se asusta y dice—: ¿Será que sí?

Caminan unos metros, en silencio. Los arbustos cercanos se mueven y un remolino de hojas se eleva. Ellos permanecen quietos, expectantes a ver qué sucede.

El bebé RanaToro ingresa al laboratorio, destruye varios de los utensilios y pócimas del doctor RanaToro, después suelta su hálito pestilente y sale de allí. El doctor llega, pasados algunos minutos, a la puerta de su sitio de trabajo y observa el panorama de destrucción.

—¡Mi fórmula! ¡Mi fórmula! —grita el doctor, buscando entre los fragmentos de frascos y líquidos derramados. La señora RanaToro llega apurada.

—¿Qué es esto? ¿Qué pasó?

—¿Dónde está el bebé? Pregunta agresivo el doctor.

—¡No creerás que ese bebé tan tierno hizo esto!

—Es el único visitante que hemos tenido en años.

—Voy a buscarlo. —Se apresura la señora. Busca en las habitaciones, en la cocina, en el corral, pero no lo encuentra. Sus ojos saltones se encharcan porque no le cabe en la cabeza que el bebé hiciera esos daños en el laboratorio.

El bebé RanaToro, con ojos desorbitados, babeando, ingresa a la laguna y contamina el agua, tornándola viscosa, negruzca y maloliente. Sombra abandona el cuerpo del bebé y se aleja de la laguna de la familia RanaToro.

El doctor sale apresurado, llega hasta la orilla y siente la pestilencia de la laguna.

—¡Croa! ¡Croa! ¡Croa! —lanza, dolido, su potente croar a un cielo que se va oscureciendo.

El eco del croar es escuchado por Karen Amanda y Piloso, quienes están aterrados con la aparición del Dragón Azul detrás de unos arbustos. Ellos sienten el reflejo de la luz en las escamas azules de la bestia, la cual les corta el camino.

—¡Ay! ¡Es él! ¡Es él! —exclama Karen Amanda algo asustada.

—Sea quien sea, se prepara para chamuscarnos.

—¡Es el Dragón Azul del cuento!

—Me lo vas a presentar ahora —dice Piloso a la vez que protege con su cuerpo a la niña.

—¡Abre el regalo! ¡Abre el regalo!

—¿¡Cuál!?

—¡Está en el maletín! —Ambos retroceden ante la bestia que amenazante avanza.

—¡Es él! ¡Qué azul tan bonito! —La niña saca de su maletín el regalo obsequiado por el abuelo, lo desenvuelve y surge un aro del tamaño de la cabeza de ella, el cual tiene una zona oscura en la parte central.

—¿Qué es esto? —pregunta intrigada la niña.

—Es un hueco portátil. Lánzalo cerca al dragón y ordénale que se abra —responde Piloso—. ¡El dragón azul! ¡Arrójalo! ¡Arrójalo, Karona! —dice angustiado Piloso.

El dragón azul se prepara para un segundo ataque, con un chorro de fuego mayor. La niña arroja a los pies de la bestia el hueco portátil.

—¡Ábrete! —La niña ordena y retrocede.

Justo en ese instante, la bestia avanza para atacar y el hueco se abre, tragándose al dragón que cae envuelto en su propio fuego.

—¡Ciérrate! —La niña ordena y avanza; después recoge el hueco del cual una leve nube de humo escapa, como si la flama de una antorcha se introdujera en el agua. De nuevo, el eco les trae el sonido de un croar.

—Y ese sonido... Al Dragón Azul, qué le pasó.

—Asado de dragón; mentiras, Karona, solamente lo mandaste a otro cuento... Ese sonido ni idea qué podrá ser —bromea Piloso.

—Gracias a Dios no le pasó nada; me gusta leer sobre las aventuras del Dragón Azul —dice la niña guardando el hueco portátil en su maletín.

—Cuídalo, sirve muy bien... Y no habla, que es lo mejor.

—¿Hasta cuánto puede abrirse?

—¡Uy! Mucho, una vez, en un cuento de viajeros, se tragó un crucero completo.

—Estuve tan cerca del dragón —dice impresionada la niña.

—Cerca de ser su cena —observa Piloso.

Ambos continúan por el camino, orientados hacia el sonido del croar que cada vez se hace más intenso. Atraviesan un pequeño bosque y desde allí divisan la laguna y la cabaña de los RanaToro. Se acercan a la cabaña, la cual sienten algo inmensa.

Karen Amanda le pide a Piloso una escalera y él estira su cuerpo hasta una ventana. La niña sube por él y observa a través de la ventana al doctor RanaToro caminando, de un lado a otro; observando en su microscopio y bufando rabioso.

—¡No puede ser! Doscientos años de investigación perdidos en un minuto. ¡No puede ser! —dice para sí con cierta cólera.

—No puede ser ¿qué? —interrumpe la niña desde la ventana.

—Y tú qué haces ahí trepada —interroga agresivo el doctor a la niña.

—Perdóneme por llegar así —contesta la niña apenada.

De repente, la lengua pegajosa del doctor sale, y atrapa por el cabello a la niña.

—¡Ay! ¡Me duele! ¡Me duele!

Aprisa llega la señora RanaToro, a pesar de su embarazo. Piloso se alerta y dibuja unas tijeras, dispuesto a cortar la lengua del doctor.

—¡Déjala! ¡Déjala, por favor! Le insiste la señora, ante lo cual el doctor la libera.

—No debes estar espiando por las ventanas... Esa niña puede traernos más problemas —dice refunfuñando el doctor.

—También puede traer algo bueno. No te mortifiques —le dice la señora a la vez que lo abraza... Los bebés van a estar bien —ratifica la señora tocando su abultado vientre.

Mientras ellos intercambian opiniones, Karen Amanda y Piloso llegan a la puerta. El doctor se queda en el laboratorio y la señora RanaToro les invita a seguir a la cocina, en la que hay estantes en madera, llenos de víveres que solo come esta clase de familia: bombones de cucarrón, gusanos de caña de azúcar, gelatina de mariposas, gusanos dulces enlatados, piernas de grillo enlatadas...

—Disculpen a mi esposo, pero está muy molesto.

—Perdónenme ustedes, no debí espiar, para eso está la puerta.

—Para espiar —bromea Piloso.

—No. Para golpear en ella. Asegura la niña.

—Pero tú eres una niña muy linda; ¿qué haces tan lejos de casa?

—Gracias por lo de linda; vamos hacia la felicidad. Ese es nuestro camino... Y perdóneme la pregunta, ¿para cuándo espera bebé...? Qué pena, los bebés —averigua la niña, mientras mira el vientre de la señora RanaToro

—No sé exactamente, pero ya falta poco... Y tú, ¿qué haces con esas tijeras?

—Las uso para... para cortarme las uñas o tal vez para cortarle los cachos a alguien infiel... tú sabes... poner cachos... —responde algo incómodo Piloso.

La señora RanaToro se mueve por la cocina; en silencio, organiza utensilios y cuida que no se le quemen unas galletas que en el horno están; dichas galletas tienen las formas de diversos insectos.

—Pero cuál es el problema, sus bebés van a tener una casa linda, como lo es esta —rompe el silencio la niña.

—El problema es la laguna.

—Están deliciosas…

—Bueno… yo paso. Gracias —dice Piloso.

Karen Amanda come con ansias las galletas, pero se calma porque en ese instante ingresa el doctor a la cocina.

—Qué pena, señor —habla nerviosa la niña.

—Acaso ves a un señor, ¡doctor RanaToro para ti!... Y tú, ¿qué ibas a hacer con esas tijeras? —se dirige a Piloso.

—A cortarme… las uñas, o si de pronto, me van a poner los cachos —responde Piloso, quitándose el guante blanco, dejando ver unas enormes uñas y mirando los cuernos del doctor.

—Mira esta niña… ¿no te parece linda? Se dirigen a la felicidad —interviene la señora.

—Es una niña de corazón puro… Perdóname por ser grosero contigo.

—Discúlpenos usted, doctor; ¿cómo limpiamos la laguna para los bebés?

El doctor toma con su lengua pegajosa algunas galletas de la bandeja y exclama:

—Hay un problema mayor. Vamos al laboratorio, por favor.

—Vayan al laboratorio, mientras yo voy a preparar un plato especial, moscas al ajillo, con un postre de pasto tierno —dice la señora, ante lo cual Piloso abre unos enormes ojos, al escuchar el plato especial.

Entran al laboratorio. El doctor RanaToro busca con afán algo entre el desorden. La microcuenca está en desequilibrio ecológico y se necesita una niña de corazón puro que sonría y descienda en ella, para que el equilibrio vuelva.

—La microcuenca está alterada; el lobo envejeció muy aprisa, por comer peces contaminados y ya no puede perseguir a las liebres.

—Las liebres aumentan, comen muchas plantas y erosionan la tierra, ¡todos tienen mucha hambre! Lógico —le interrumpe la niña al doctor.

—La culpa la tiene el lobo, ¡que cambie la dieta! —bromea Piloso.

—Aquí está. Esta es —afirma el doctor, tomando entre sus pezuñas un frasquito, en el que los colores del arco iris giran de un lado a otro.

—Con esto, vas a sonreír, te lo garantizo. Serás feliz —dice el doctor que esparce parte del contenido del frasquito sobre Karen Amanda, la cual de inmediato empieza a sonreír, a carcajearse por todo.

—¡Ja, ja, ja! Y se están muriendo ¡Ja, ja, ja! ¡De hambre! ¡Las liebres! ¡Ju, ju, ju! ¡Comen tanto esas liebres! —La niña se carcajea y Piloso aprovecha para dibujarle rostros alegres, rostros esperanzados, rostros de fiesta, pero ella se pone a llorar.

—¡Pobres pececitos! ¡Pobrecitos! —dice llorando la niña.

—Creo que la pócima se afectó también —concluye el doctor, quien silba y el capote volador verde menea sus puntas, saliendo raudo desde el corral hacia el laboratorio. El doctor realiza una señal con su pezuña y el capote volador envuelve a la niña haciéndola girar.

—¿Qué me pasó? —comenta la niña reaccionando.

—Que estuviste sonriendo, ¡como quiero verte!, pero después te pusiste a llorar —le responde Piloso, quien suspira hondo y observa a todas partes, sin fijar la mirada en un sitio preciso.

—Doctor, me deja mirar la microcuenca —dice la niña algo confundida.

—No es agradable lo que verás —le advierte el doctor, organizado el microscopio para que la niña observe. Ella observa la microcuenca a través del aparato y ve con dolor la cara del lobo viejo, que parece mirarla con unos ojos tristes a punto del llanto.

Y en un claro del bosque, Sombra, en la forma de una oscura nube, invoca al lobo feroz para que este detenga a Karen Amanda.

—Yo te invoco, bestia de la calamidad, y por esto que provoco, yo te veo llegar. —La voz se escucha ronca y un remolino de tierra, hojas secas se forma y en su centro, un lobo aparece. Se escucha el rechinar de sus colmillos. Sombra lanza sobre el lobo su energía y le ordena:

—Aquí, inmóvil, esperarás por una niña, que por este camino aparecerá.

El lobo feroz queda paralizado en segundos, con su mirada fija en el camino, mientras Sombra evaporándose se va.

Mientras tanto, en el laboratorio, Karen Amanda se pone a llorar al ver la cara trágica del lobo. Una de sus lágrimas se precipita sobre la microcuenca, ocasionando en ella un fuerte aguacero. El doctor se apresura a observar a través del microscopio, debido a que la niña no puede seguir mirando.

—La contaminación empezó a ceder, ¡el lobo se ve vital y rejuvenece! —grita emocionado el doctor.

—¡Cómo pudo ser! —dice sollozando Karen Amanda.

El doctor con una probeta en la mano le dice:

—Dame una de esas lágrimas y te lo diré.

El doctor recoge unas lágrimas, que se escurren por el rostro de la niña y empieza a brincar muy feliz, sobre sus largas ancas de rana. Ante el alboroto en el laboratorio, llega la señora RanaToro.

—Y esa fiesta. ¿Qué sucede?

El doctor la abraza, la besa y le responde:

—Que la contaminación de la microcuenca se acabó, gracias a que la niña dejó caer una lágrima.

—Deben ser lágrimas muy dulces y una cayó sobre la micro; tal vez comes muchos dulces —le dice Piloso a la niña.

—Y para la laguna… pronto la necesitarán los bebés —interrumpe la señora algo preocupada.

—No te preocupes, estas lágrimas son prodigiosas, ¡vamos afuera! —le responde el doctor a la vez que le enseña la probeta.

Todos salen apresurados de la cabaña y se dirigen a la orilla de la laguna. El doctor RanaToro deja caer el contenido de la probeta, una a una las lágrimas gotean sobre la enorme cantidad de agua maloliente y poco a poco se va aclarando hasta quedar de un cristalino intenso.

—¡Miren! ¡Miren! ¡Qué maravilla! —gesticula el doctor.

—Ya podemos bañarnos, doctor —dice Piloso.

—Lo que quieran… no sé cómo agradecerte, niña.

—Yo no hice nada, solo me puse a llorar.

—Gracias, Karona, no sabes cuánto ayudaste a la especie —interrumpe la señora RanaToro.

—Soy Karen Amanda, quién te dijo Karona.

Ambas miran a Piloso, quien se hace el desentendido. Al tiempo, el doctor descuelga de su grueso cuello un silbato y se lo entrega a la niña, quien lo recibe con emoción.

—Gracias… pero no suena —dice después de haberlo soplado.

—Debes soplar pensando en alguien y exclusivamente ese alguien te escuchará; pero cuidado, si soplas suave, agradarás y fuerte lastimarás —le explica el doctor.

Entonces Karen Amanda piensa en su madre y sopla suave; la madre en su oficina deja la rutina y contempla la fotografía en la cual aparecen el abuelo, su hija y ella; después y sin aparente razón, algo más tranquila vuelve a la rutina de su máquina de escribir.

—Ojalá me hubiera escuchado —dice la niña suspirando.

—Te escuchó, tenlo por seguro... Nos vamos, Karona; y ustedes, éxitos con los ochenta bebés —se despide Piloso.

—No son tantos, pueden ser cincuenta y la mayoría se salvarán —aclara la señora RanaToro.

—Vamos a llenar esta laguna... y todo el valle; tiempo hace que nuestra especie no se reproduce... Gracias mil.

—Cuando estén fecundados, cuídelos mucho —recomienda la niña.

—Y por qué no se quedan a cenar —puntualiza la señora RanaToro.

—No, mi señora, gracias, pero partimos ¡ya!

Se despiden con entusiasmo y retoman su camino, dejando atrás, el paisaje de la cabaña junto a la laguna en el valle.

***

El cielo de Numerolandia, conformado por números y símbolos matemáticos, se fue cubriendo de una mancha oscura y sus habitantes, números y símbolos entraron en pánico.

—¡Kalkuleitor! ¡Kalkuleitor! —gritan asustados los números y los símbolos aterrados.

—¡Kalkuleitor! ¡Kalkuleitor!

Un anciano algo encorvado, de anteojos y cabello alborotado, camisa y pantalón decorados con fórmulas, ecuaciones, símbolos... aparece. Es Kalkuleitor que apenas tiene tiempo para mirar al cielo y quedar paralizado; al instante, los números y símbolos que sobre un suelo cuadriculado corren quedan petrificados también.

Todos permanecen estáticos; de inmediato Sombra se materializa en una hermosa mujer, engalanada con delicadas sedas, cabello a la cintura y ojos claros. Ella hace tronar sus dedos y Kalkuleitor vuelve a moverse, seguido de los números y símbolos. Sombra avanza cadenciosamente hacia Kalkuleitor, de quien solo se escucha el palpitar de su corazón, a punto de saltar. Ella se detiene frente a él, justo en la entrada del palacio escolar, en cuya puerta hay una inscripción que dice: "A LOS NÚMEROS PONLES CORAZÓN". Los números y símbolos están a la expectativa.

Ella lo toma entre sus brazos, lo inclina y lo besa con pasión. Él es transformado en un hombre musculoso, de gafas oscuras y smoking, con un corazón que apenas late. Una amarga melodía alborota Numerolandia y números y símbolos se desordenan.

***

Los inquietos ojos del lobo feroz parecen a punto de saltar de sus cuencas cuando ven venir a Karen Amanda y a Piloso por la senda del bosque. La bestia se desmoviliza de su estado petrificado, dispuesto a devorarlos. La niña siente la amenaza y algo asustada le dice:

—Me parece que ya nos conocíamos; ¿qué buscas por estos lados?

—Espero a unos amigos míos...

El lobo gira en torno a ellos; de inmediato sus orejas crecen desproporcionadamente y Piloso no puede aguantar la risa.

—¡Qué orejas tan grandes tienes! —dice Piloso burlándose.

—Son para... son para volar mejor —comenta el lobo feroz insinuando sus colmillos. La niña interviene, algo más calmada, ante las amenazantes garras del lobo.

—¿Buscas, acaso, a los tres cochinitos?

El lobo lleva sus garras a la cabeza y se sacude muy molesto.

—No trates de enredarme, niñita.

—Tú eres la enredadora mata de maracuyá, hasta de Dumbo te las vas a dar, queriendo volar con esas orejitas —le dice Piloso con ironía.

Las orejas del lobo vuelven a recuperar su tamaño, mientras ellos evitan acercársele. El lobo feroz hace una especie de introducción con movimientos agresivos al aire y empieza a rapear y a mover sus garras. La bestia rapea de esta manera su confusión:

"No sé cuál es mi destino, en este camino,
si a una niña espero o hacia los cerditos me muevo,
o si en alguna cabaña, alguna abuela me extraña;
a veces yo escucho a un niño que miente mucho,
que a todos altera gritando mucho.
¡El lobo! ¡El lobo! ¡Que viene el lobo!, ¡auuuu!
Y engaña y engaña con mucha saña.
No sé cuál es mi destino, entre estos dos caminos.
Nena, no trates de engañarme,
porque yo más bien, voy a devorarte, ¡auuuu!".

El lobo los distrae con su tema musical y decide atacar, pero al instante ellos a la defensiva están. La niña le arroja el hueco portátil, ordenándole que se abra, ante lo cual el lobo salta, esquivándolo y enseñando sus fauces.

—¡Qué boquita tan grande tienes! —le grita Piloso

—¡Es para devorarte! —le responde el lobo, cercándolos.

—¡Pilo! Una malla, por favor —le pide temerosa la niña a Piloso, quien se eleva y dibuja a la abejita Maya, personaje de tira cómica, pero la borra ante el rostro de desaprobación de la niña; al fin dibuja una red que sobre el lobo deja caer. Le pide disculpas a la niña, quien se emociona al ver al lobo atrapado.

—¡Bravo! ¡Bravo!

—No tan rápido, nena —se le escucha al lobo, en el instante que corta la red de un zarpazo.

—Dispárale a las patas, ¡a las patas!, por favor —suplica la niña angustiada, tomando el silbato. Piloso dispara un chorro de pegante a las patas de la fiera y estas fijas quedan. La niña sopla el silbato pensando en el lobo y este aúlla de dolor. Piloso se prepara estirando la goma de su borrador y amenaza al lobo.

—Te voy a borrar del mapa, lobito.

La niña deja de soplar y el lobo sigue aullando. Ella le pide a Piloso que no le haga nada, ya que no se puede defender al estar pegado contra el piso de tierra.

—Pero, Karona, no podemos dejarlo aquí... De pronto viene alguien por el camino y este lobo hace de las suyas.

La niña se acerca al lobo y le habla, pidiéndole que prometa portarse bien para liberarlo. El lobo feroz solloza y promete ser bueno, pero de inmediato sus orejas vuelven a crecer.

—Debes prometerlo con corazón de lobo que danza —le dice la niña.

—Con corazón de colmillo blanco, de perro policía, de Lassie, del que quieras, ¡yo te lo prometo! —responde angustiado el lobo, y sus orejas vuelven al tamaño normal. La niña se convence de lo sincero del lobo y le pide a Piloso que lo libere.

—Está bien, mi Karona, todo sea porque el lobito vaya por el camino del bien.

Seguidamente, Piloso le dispara agua y le libera las patas. El lobo feroz menea la cola, sacude las patas y de nuevo ataca.

La niña reacciona y sopla tan fuerte el silbato; el lobo siente que los ojos se le saltan; se arrodilla y así suplica:

—Te ruego, nena, no soples más. Me voy a portar bien.

Piloso dibuja un libro y le toma el juramento al lobo feroz.

—Vamos, pon la garra aquí… Por cierto, te felicito, rapeas muy bien.

—De nuevo escucharme deseas.

—No, déjalo para después… ahora jura, este es el libro sagrado de lobería; de tus antepasados —le dice Piloso, mientras Karen Amanda le recomienda de la importancia y seriedad del momento al lobo, quien jura seguro.

—Juro portarme bien, de ahora en adelante.

—Llévate el libro; te ayudará cuando te sientas tentado.

—Ahora puedes irte. Cuando dudes, no te olvides de mí, ¡y soplaré! ¡Y soplaré! —le informa la niña con el silbato cerca de su boca. El lobo se marcha y cuando ya no le ven, la niña sopla suavemente el silbato, pensando en él, entonces, escuchan su aullido.

—La tuvo feroz ese lobo —dice Piloso sonriéndose.

—Es mejor dejarlo que se adelante… ¿Falta mucho para la felicidad?

—No puedo decirte cuánto, eso solo tú lo descubrirás.

Caminan con lentitud y después deciden sentarse sobre algo que parece un tronco. La niña golpea sobre esa superficie.

—Tengo miedo de no encontrarla —dice algo triste la niña. Ambos se miran al sentir que el supuesto tronco se mueve. La niña golpea de nuevo, de repente, ciempiés echan a correr. Ellos, al sentirse sobre la rugosa cabalgadura, se lanzan.

—¡Qué susto! —suspira la niña.

—¡Qué emocionante! —Se altera Piloso y observa a una niña de caperuza roja, con una canasta, la cual viene por la senda. Se les acerca, ante lo cual Piloso le pregunta:

—¿A dónde vas?

—Voy a casa de mi abuelita, a llevarle estos chontaduros.

—¡Chontaduros! ¡Me encantan los chontaduros! —interviene Karen Amanda, saboreándose.

—Pues, toma, te dejo algunos… ¡Voy de prisa!

—Si te encuentras por el camino a un lobo, salúdalo de mi parte.

—¿Y cómo te llamas?

—Yo soy Karen Amanda, pero dile que la nena del silbato, lo recuerda… Gracias por los chontaduros.

—Dile que lo estamos observando —interviene Piloso mientras la niña sigue su camino.

Karen Amanda se deleita comiendo los chontaduros y al instante cae en un profundo sueño.

—¡Despierta! ¡Despierta! Debemos seguir —le dice Piloso muy alarmado, pero la niña no reacciona.

La voz del abuelo llega, por primera vez, hasta el sueño de la niña.

—*Despierta, debes continuar buscando la felicidad. ¡No es tiempo para dormir! ¡Es tiempo de soñar! ¡Despierta ya!*

La niña de un salto se incorpora del piso de tierra y muy animada dice:

—Debemos seguir.

—¡Sí! Eso es, ¡vamos ya!

***

El imponente palacio escolar aparece decorado en su fachada con cantidad de fórmulas, símbolos, indicaciones, etc., ante el cual Karen Amanda se queda con la boca abierta, asombrada de tantas incógnitas. Ambos comprueban la injusticia de los números pares, robustos y poderosos, sometiendo a los impares, débiles y lánguidos, a duras pruebas, a pagar altos porcentajes, mientras ellos viven muy bien.

Piloso y Karen ingresan al palacio, recorren un pasillo elaborado con finas hipotenusas, el cual los conduce a un amplio salón, y allí, un ocho rechoncho, consulta al oído del gran Kalkuleitor, en espera de su sabio consejo, mientras a un lado del trono, desde la jaula escolar Suma, Resta, Multiplicado y Dividido gritan libertad.

—Sí, así debe ser, la respuesta es sencilla, divide y tendrás más ganancia… ¿Quién sigue?

Se acerca un cilindro empujando a un lánguido siete.

—¡Yo, señor! Mire a este reincidente… Tenía que entregarnos el siete por ciento y solo entregó el cinco.

—¿¡Cómo así!? Así no debes operar… Para el próximo cobro te esforzarás y el nueve por ciento tendrás que pagar —le dice indignado Kalkuleitor.

—Sí, amado Kalkuleitor —le responde temeroso el siete.

Karen Amanda levantando la mano dice:

—Señor, quiero consultar.

—Pregunta pues, que la respuesta siempre la tendré.

—Dígame por qué tiene presos a Suma, Resta, Multiplicado y Dividido. Me parece que usted no está operando bien.

Kalkuleitor se queda en silencio, luego observa el techo del palacio, el cual tiene impregnada una sustancia gelatinosa, oscura y babosa.

—Están presos porque no operan correctamente; puedes preguntarles. La niña, con cierta desconfianza, mira a su alrededor y se acerca a los prisioneros que entre sí hablan con alteración.

—A ver, digan, ¿qué función tienen?

Los símbolos prisioneros se silencian por segundos. Luego tratan de responderle a la niña, pero solo se escucha un escándalo, ante lo cual ella interviene.

—A ver, por favor, uno por uno, empieza tú —dice señalando a Suma, quien se muestra deprimida.

—Yo soy menos que nada, soy poca cosa. Resta toma la palabra y emocionada dice a grito entero:

—¡En cambio, yo soy más, sumo de todo!

Piloso se dirige a Multiplicado, al verlo muy triste, trata de saber el porqué.

—Yo me siento dividido, una parte aquí, otra allá. No sé cómo voy a terminar.

—Terminarás aniquilado, no como yo, que me siento bien multiplicado; ganancias en aumento, creciendo siempre —dice animoso Dividido.

—¿Qué opinas, Pilo?, sí que están mal.

—Necesitan de un loquero.

—Como verán, si los libero el reino van a alterar —dice Kalkuleitor.

—El reino ya alterado está —dice la niña, ante lo cual Kalkuleitor baja sus gafas oscuras y deja ver unos ojos irritados como si hubieran trasnochado en los últimos días. La niña observa en detalle las paredes y a los personajes que colman la corte de Kalkuleitor. Una gota espesa y negra le cae sobre la blusa manchándola. Ella mira hacia el techo donde la capa negruzca parece hervir; Piloso también lo hace, pero ninguno de los presentes parece darse cuenta o les parece normal un techo así.

—Quiero preguntarles algo y espero la verdad. ¿Cuánto es uno más uno?

Kalkuleitor se queda pensativo y después empieza con una leve sonrisa, la cual se transforma en sonoras carcajadas. Todos se contagian de su risa. Todos menos Karen Amanda, quien permanece seria, esperando la respuesta.

***

En ese instante, Sombra observa por el espejo-tablero a Karen Amanda en Numerolandia y toma una decisión: alterar las cosas en el jardín de Rosita, quien al otro lado del espejo-tablero le enseña a los niños de su curso. Ella introduce la mano en el espejo-tablero que se torna líquido y extrae colores, letras, flores, etc., para que sus niños aprendan en ese salón al aire libre donde el espejo-tablero flota a un metro del piso.

—Miren bien, ahora sacaré los números del uno al diez —dice Rosita introduciendo su mano en el espejo-tablero, pero no sale ningún número.

—¡Qué raro! Numerolandia nunca me ha fallado… bueno, preparen sus dedos, cortemos figuritas de papel.

Los niños toman hojas de papel y con sus dedos, en posición de tijera, van cortando flores, conejos, manzanas, cangrejos, muñecos de nieve, tortas, canicas, etc. Después, ella los invita a jugar, a cantar.

Los niños se dedican a dormir, mientras ella saca una manta y los cubre. Se quita la bata blanca, los gruesos lentes y se sienta frente al espejo, el cual comienza a vibrar, seguido de una luz intensa que emite y un apuesto príncipe le extiende la mano. Ella la recibe y él atraviesa el espejo.

—¡Oh! ¡Amada mía! Solamente deseaba estar a tu lado. Me siento tan hondamente enamorado.

—No puede ser tanta belleza. Dime que no estoy soñando, al contemplar tanta realeza —dice ella llevándose la mano a la cara, algo apenada. El príncipe, rodilla en tierra, la mano le besa, y ella de Sombra ya es presa.

—"Desde tiempo atrás, te he observado
 desempeñando tan noble labor
 y de ti, he quedado flechado;
 desearías tú, a mi vida, darle el sabor".

—¡Sí! ¡Sí! Sí acepto, desde que haya amor.

—Siendo así, sellemos esta unión.

El príncipe la toma en sus brazos y la besa. Ella cae bajo su influjo y el caos empieza.

—Debo ir a vencer a un dragón, como es mi deber, prepara todo, que nos casaremos, al yo volver.

El príncipe se marcha a través del espejo-tablero, del cual ha salido, no sin antes lanzar un maligno soplo sobre los niños, que aún duermen y que Rosita confunde con un beso para ella. El príncipe se marcha por una senda, seguido por la mirada de Rosita que lo ve alejarse.

***

Mientras tanto, todos ríen en Numerolandia ante la pregunta de Karen Amanda. Las risas van desapareciendo al ver que Kalkuleitor se complicaba pensando demasiado, sacando conjeturas, ante una prueba que siente demasiado dura. El silencio reina y muy orgullosa, la niña dice:

—Es muy sencillo, uno y le sumo uno, tengo dos; lógico.

Los símbolos y números aplauden a rabiar, mientras Kalkuleitor arroja las oscuras gafas y desordena su cabello.

—¡Triángulos! ¡Cancélenla! No voy a permitir este tipo de respuesta —dice enfurecido Kalkuleitor y, al instante, acude una guardia de cuadrados a su llamado.

—Aquí hay una equivocación. Estos son cuadrados, porque tienen cuatro lados. Por favor, Pilo, unos triángulos —le dice la niña a Piloso, quien de inmediato le dibujó en el vacío unos triángulos.

—Y estos son triángulos, porque tienen tres lados —termina por explicar la niña ante la admiración de los presentes. Suma, Resta, Dividido y Multiplicado se sintieron más claros.

Kalkuleitor se siente humillado, no soporta que una niña le venga a explicar cosas tan fáciles al gran Kalkuleitor; solo le queda sentarse y ponerse a llorar, ante lo cual la niña enternecida le dice:

—"Todo está en la mente" —dice y le besa en la frente y a él se le aclaran los conceptos, transformándose en el anciano encorvado, canoso y tierno que todos conocen.

—Tú lo dijiste bien, símbolos y números, todo está aquí —dice Kalkuleitor, tocándole la cabeza a la niña, a la vez que piensa en el orden lógico y las cosas se arreglan en el reino, los números pares e impares dejan la disputa. De repente, unas raíces cúbicas se desentierran de los jardines de palacio.

—Nosotras convencidas de que éramos cuadradas, ¡ah! —comenta una de ellas.

Suma, Resta, Multiplicado y Dividido fueron liberados y entre ellos se dedicaron a desprender diplomas, certificados, menciones, etc., que formaban el techo de la jaula escolar.

Un leve crujir se fue intensificando e hizo que miraran hacia el techo del palacio. La capa negruzca se había secado y empieza a desprenderse, poco a poco, hasta que se deja caer y se evapora ante la mirada incrédula de los presentes, que temerosos de ser aplastados por el techo comprueban que permanece en su lugar, limpio y con un nuevo brillo.

—Ese es el brillo de las cosas sencillas —dice emocionado Kalkuleitor, mientras miran admirados el hermoso techo.

—Démosle un fuerte aplauso a esta linda niña... Ahora decreto que todos vamos a jugar y que todos ustedes tienen que relacionarse un poco más con la realidad —pide animado Kalkuleitor a los números y símbolos, los cuales aplauden al instante.

—¡Sí! Porque los números están hasta en la sopa —le dice Piloso a la niña, después de escuchar al anciano.

—¿Cómo así? —pregunta ella.

—Claro, si vas a preparar una deliciosa sopa, tienes que saber cuánto sumas de agua, papas, cuánto restas de sal, cuántos platos de sopa divides y así.

—Entonces, ¡a tomar más sopa! —comenta la niña.

Todos empiezan a jugar, a cantar. Karen Amanda y Piloso parten; satisfechos por la labor cumplida, se dirigen hacia el Jardín de Rosita, guiados por un intenso sol que en lo alto parece que nunca puede bajarle la intensidad al calor de sus rayos.

—Algo me dice que al Jardín de Rosita debemos acudir —dice Piloso preocupado.

—¿Y cómo llegamos a ese jardín?

—Muy fácil, aquí mismo se puede hacer.

Piloso dibuja un tablero con un espejo que lo contiene y pasa a través de este, pero la niña no puede, y en su intento, choca contra su imagen.

—Concéntrate y lo lograrás. Estás dudando de lo que quieres. ¿Quieres ser feliz? ¿Quieres volver a sonreír? Deséalo con fe —le dice Piloso.

La niña cierra sus ojos y desea tanto que cuando los abre ha cruzado el espejo.

—¡Sabía que podías!

La niña sacude su maletín, se organiza la jardinera y en compañía de Piloso se acerca a la profesora Rosita, quien en ese instante coloca un anuncio en la entrada normal del jardín, en el cual se puede leer: "NECESITO MAESTRA QUE SOÑANDO ENSEÑE CÓMO SOÑAR". La profesora Rosita luce una jardinera, botas y guantes de caucho y unas enormes tijeras.

—¿Viene por la vacante? Pronto dejaré esta labor; saben, me casaré con un príncipe —dice con amabilidad Rosita, mientras termina de ajustar el letrero.

—Felicitaciones, profesora —le dice la niña.

—¿Cómo te llamas, niña?

—Mi amigo es Piloso, y yo soy Karen Amanda.

—Encantado, madame —dice con ironía Piloso.

—¿Y no eres muy niña para ser profesora?

Van avanzando hacia el salón, donde los puestos están desocupados.

—Lo importante es que pueda cumplir y ser responsable —dice convencida la niña.

—Siendo así, te pongo a prueba, como ayudante. —Rosita le confirma el puesto a la niña y a continuación, con sus tijeras, avanza hacia los niños que sembrados están, en la parte posterior del salón. Los brazos de estos niños se prolongan en ramas y sus pies, con fuertes raíces, a la tierra se agarran, aparentando felicidad. Rosita corta con sus tijeras algunas hojas y ramitas secas.

—¿Y no les duele que corte sus ramas? —exclama asustada la niña, temiendo lo peor para el niño-árbol.

—No, por el contrario, se ponen hermosos. —Se sonríe la profesora. Se acerca a un estante, deposita las tijeras y fija su mirada en unos frascos y tarros cubiertos de un moho oscuro.

—Debes regarlos con el Agua Especial; ven, te explico cómo prepararla.

—Espero que no lleve nada que vuele o se arrastre —dice bromeando Piloso.

Se levanta un murmullo entre los niños-árboles, el cual va aumentando hasta que Rosita, algo incómoda, deja escapar un terrible grito y el silencio del miedo se apodera del aire. La profesora toma aire, tratando de controlarse y le explica a la niña cómo preparar el Agua Especial, a medida que toma lo que necesita del estante.

—En esta regadera se prepara; a cinco litros de agua, le agregas cinco vocales frescas, nueve números agridulces, colores primarios para darles sabor, una esencia de cerca y otra de lejos. Eso es todo lo que ellos deben saber.

—¿Eso es todo?, ¿no falta nada? —pregunta con asombro la niña.

—Sí, siempre se me olvida este frasquito... media cucharada de Amor, se revuelve bien y se les riegan las raíces... ¿te parece difícil? Si aceptas debes tener sumo cuidado con los más pequeños. La profesora deja el frasco pequeño a un lado del estante. En ese frasco los colores del amor están girando continuamente. Ellos se encaminan hacia los niños-árboles más pequeños, los cuales se encuentran sembrados en unas materas.

—Debes licuar esto —dice la profesora al arrancar algunos conocimientos de un grueso libro.

—Luego, preparas el biberón —termina diciendo y le da el alimento a un bebé-árbol, el cual lo degusta con gran satisfacción.

—Todo está muy claro —concluye la niña.

—¡Qué cosas tan amargas! —ratifica Piloso.

—Debes ser responsable... Los niños necesitan lo básico para sus vidas... ¡Ah! Si tienes hambre, calienta una sopa de letras que está en esa olla —dice señalando una olla cubierta de hollín y suspirando hondo agrega: —Pronto me casaré, ¡oh! Mi príncipe azul, ¿cuándo vendrá?

Karen Amanda se hace la desentendida. Contempla a un reseco niño-árbol, de inmediato toma la regadera y le aplica el Agua Especial, pero el niño-árbol no reverdece.

—¿Puedes pintarlo verde, por favor, Piloso? —le pide la niña angustiada. Piloso al instante lo pinta de verde, pero vuelve a secarse. Rosita, que se alejaba, se da cuenta de lo sucedido, se devuelve y les acerca una bolsa de plasma sobre la cual se lee: "LA LETRA CON SANGRE ENTRA".

—No hay problema, cuando se reseque algún niño, le conectas esto —le informa Rosita y enseguida le conecta al niño-árbol el plasma. El niño-árbol grita al sentir cómo algunas letras y números ingresan en su cuerpo. Al fin se calma y ella le desconecta el plasma. El verde y la sonrisa aparecen de nuevo en él.

—¡Qué sangriento! —opina Piloso aterrado.

—¡Cuestionas mi método! Cada maestro tiene su estilo —dice ofuscada Rosita.

—Discúlpelo, él es muy expresivo. ¿Y cómo valoras los resultados? —interviene la niña logrando que Rosita se calme.

—Ven conmigo, algunos ya van a dar sus resultados.

Se dirigen hacia un grupo de niños-árboles más desarrollados, los cuales empiezan a florecer; unas flores negras que son el orgullo de Rosita, pero de una flor brota un pétalo blanco. La profesora se ofusca e iracunda, regaña al niño-árbol.

—Esto es lo que te he enseñado. Malagradecido. ¡Inventor! Tienes cero pollito, insuficiente, logro no superado, reprobado

¡Hay un error en la respuesta! — grita muy alterada, jalándose la bata blanca, logrando que el niño-árbol estalle en llanto. Las flores negras se le desbaratan, mientras ella extrae del espejo-tablero un letrero que dice "REPROBADO" y se lo cuelga en una de las ramas.

—Tantas cosas me han provocado hambre; quedas al mando, ya regreso, voy al tablero —le dice Rosita a la niña. Después se ubica frente al tablero, del cual extrae una gran cebolla cabezona roja. Ella se dedica a morderla y a suspirar:

—¡Me quiere! ¡No me quiere! —A cada mordida dada a la cebolla.

Karen Amanda y Piloso no pierden tiempo; ante la oportunidad de trabajar sin la presencia de Rosita, preparan de nuevo Agua Especial, a la cual, en vez de una cucharadita de amor, la niña le agrega el frasco entero. Riegan las raíces de los niños-árboles mayores y les dan biberón a los más pequeños. Pasan algunos minutos y los niños-árboles florecen en infinidad de colores y, al instante, sus ramas y raíces desaparecen, transformándose en brazos y pies, volviendo a ser niños normales, que de inmediato se ponen a jugar. Rosita, con algunas lágrimas en su rostro, llega a supervisar la labor de la nueva profesora.

—¿Pero qué hiciste?; tanto colorido, esas no son mis verdades, destruiste mi labor de tantos años, mis ideales —exclama aterrada Rosita.

—Lo siento mucho, profesora.

—Quedas despedida, niña tonta.

—Si eso es a prueba, ¿¡qué tal contratados!? ¡Ah! —interviene sonriendo Piloso.

Rosita se desploma sobre una silla de madera, la cual cruje una suave melodía, pero no basta para la profesora porque se pone a llorar al ver los niños jugando por todas partes. Ella quisiera reventar de la rabia que siente en esos momentos. Karen Amanda aprovecha para servir un vaso de Agua Especial, al cual le agrega el último residuo del frasco de amor.

—Profesora, tómese esto, le calmará los nervios —le ofrece la niña a la confundida mujer, quien recibe el vaso e ingiere su contenido. Pasan escasos segundos y el efecto de la bebida se manifiesta. Una alegría le posee y siente de nuevo el amor por sus niños. Se libra de las botas y los guantes. Busca su bata, la cual ha florecido. Vuelve a ser la profesora de antes, dirigiéndose al tablero, saca postres, helados, frutas, confites, piñatas, etc. Inician una fiesta; mientras a través de una pantalla Sombra observa.

***

—Otra celebración, no puede ser, tanta fiesta, odio las fiestas, odio tanto dulce. Odio a esa niña, ¡Grrr! —Golpeando sobre la pantalla, Sombra expresa su rabia. Karen Amanda se entusiasma al ver desplegada tanta alegría y acompañada de Piloso, se encarga de divertir a los niños, pero la niña se siente triste porque no siente que en ella nazca la alegría.

—Esta alegría no es mía —dice la niña.

—Es una alegría prestada... te prepara para la tuya —le explica Piloso.

—Yo no siento que sea una alegría de verdad; no puedo fingir una sonrisa, además no me sale —afirma la niña, a la vez que mueve su boca tratando de provocarse una sonrisa.

—Debes ser paciente, es solo cuestión de tiempo.

—Sabes, Pilo, ¡deseo volver a mi casa!

—No me pidas eso. ¿Vas a tirar todo cuando estamos tan cerca? Tú mereces sonreír de nuevo; de verdad que estamos cerca.

—¿Quién lo dice?

—Yo lo digo, ¿o dudas de mí?; nunca he estado tan seguro de algo —dice Piloso muy serio y convencido.

Karen Amanda se queda pensativa, sumida en un silencio del cual no se percatan los niños, ni Rosita.

—Abre el remolino hacia mi casa, ¡por favor!

A Piloso no le queda otra opción. Dibuja en el vacío un orificio. La niña observa a través del remolino a unas niñas escribiendo en las paredes del baño escolar.

—¡No hagan eso! ¡Para eso están los cuadernos! —grita Karen Amanda a las niñas, las cuales al ver el rostro de la niña, suspendido en el vacío, salen del baño gritando muy aterradas.

Enseguida, el rostro del abuelo Lorenzo se le aparece a la niña en el remolino, sonriendo; ella se emociona y una sucesión de imágenes de los que son felices por su ayuda van pasando; por último aparece la imagen de su madre.

—¿¡Por qué no!? Voy a intentarlo una vez más.

—¿Qué dices...? No escuché bien —dice Piloso.

—Vamos a seguir —confirma emocionada la niña. Piloso cierra el remolino. Él celebra la decisión dando algunos saltos; Rosita se les acerca a indagar qué sucede.

—Debemos irnos, estamos buscando la felicidad —aclara la niña.

—Yo puedo informarles; en aquella colina está la estación de Tévecom. Alguna vez realicé una salida con los niños hasta allá. Tévecom es muy atento y transmite felicidad todo el tiempo al mundo entero —les indica Rosita a sus nuevos amigos.

—Suena emocionante, tal vez él pueda ayudarnos —dice la niña con un brillo intenso en su mirada.

—Se llama Tévecom, me sonó a Nevecón —interviene sonriendo Piloso.

Karen Amanda y Piloso se marchan del Jardín de Rosita, para luego internarse en predios de la estación de televisión. Ellos avanzan muy animados, esperando encontrar la dicha tan deseada. La estación posee una infraestructura de bloques de concreto, helipuerto, potentes antenas repetidoras, zonas verdes, etc. Ellos buscan la felicidad, pero no tienen idea de qué les espera: Sombra se posesionó en el cuerpo del bondadoso Tévecom y las cosas no serán tan fáciles para los visitantes.

—"SIGAN, SEAN BIENVENIDOS, LA FELICIDAD ESTÁ AL FINAL DEL CAMINO" —se escucha a través de una pantalla programada para repetir ese mensaje a cada instante.

—¡Escucha, la felicidad, la dicha a montones! —le dice la niña con entusiasmo a Piloso.

—¡Escucho! ¡Escucho, Karen!

Ellos van avanzando hasta un corredor donde encuentran otra pantalla, en la cual un personaje de caricatura repite el mensaje de la felicidad; las paredes están colmadas de afiches de los éxitos mundiales del cine y la televisión. Después de pasar por el corredor, ingresan a un amplio salón, el cual está muy oscuro, pero se aclara al encenderse una pantalla que parece esperarlos. En la pantalla aparece un personaje, que con su voz, los va atrayendo:

—Ven, acércate. No tengas miedo. ¡Acércate! Mírame a los ojos. —Es una voz muy convincente y es así cómo Karen Amanda y Piloso quedan dominados por la emisión de televisión, con una frase que se repite en todos los monitores de la estación:

—"SEAN BIENVENIDOS, LA FELICIDAD ESTÁ AL FINAL DEL CAMINO".

Al estar bajo el poder de Sombra, no se dan cuenta de que la pantalla encendida es nada menos que la cabeza de Tévecom, unida a un cuerpo conformado por una cantidad de cables y conexiones que termina en una conexión mayor, la cual le da el aspecto de tener cola a Tévecom. Esta conexión mayor está desconectada, pero funciona por el poder de Sombra. Tévecom está sentado, mientras los visitantes observan como hipnotizados en su pantalla. Sombra les proyecta una selección de las escenas más tristes y dolorosas vistas en el cine y la televisión; al instante Karen Amanda empieza a envejecer y Piloso se pone a llorar, inconsolable.

—De esta no podrán librarse, los veo llorar —celebra Sombra vencedora, pero no ha terminado de pronunciar esas palabras cuando el espíritu del abuelo, al sentir el sufrimiento de la nieta, llega y se introduce por la conexión mayor de Tévecom. El espíritu del abuelo empieza a intervenir la transmisión con una que otra imagen alegre, ante lo cual, Sombra trata de bloquearlas.

—¡No puede ser! ¡¿Qué es esto!? —grita Sombra.

Las imágenes alegres del abuelo van aumentando; imágenes de su vida junto a Karen Amanda.

—¡Detente! ¡Detente! ¡No puede ser! ¡Perdición! —grita con rabia Sombra.

Ante la intervención del espíritu del abuelo, la niña empieza a rejuvenecer hasta que vuelve a ser una niña normal, con su maletín a la espalda. Piloso está feliz; sus lágrimas se secan. Al final la pantalla queda colmada con el sonriente rostro del abuelo; esta imagen se va acercando, enfocada en la sonrisa, a los ojos de la niña, quien emocionada sonríe de corazón.

Karen Amanda y Piloso se levantan de un salto, despiertos a la nueva sensación. Ella no cabe de la dicha, gira, mueve su cabello al aire, levanta sus brazos, se abraza a Piloso y vuelve a sonreír. Está feliz como cuando el abuelo le leía los cuentos antes de dormir.

Sombra, al verla sonreír se enfurece aún más; la pantalla se apaga dejando a oscuras la sala. Tévecom, bajo el dominio de Sombra, se levanta, enciende la pantalla y amenaza.

—De nada te valió tanto esfuerzo; te invito a ver esto.

Sin perder tiempo, Sombra proyecta en la pantalla sufriendo y llorando a los niños de los juegos eternos, al general Estrella, a la familia RanaToro, a Kalkuleitor, a Rosita, quienes aparecen en difíciles pruebas, imposibles de superar.

—Estás dispuesta a sacrificarlos por nada, por tu sonrisa falsa. Eso del abuelo fue una ilusión de la televisión —dice Sombra, convencida de haber doblegado a la niña.

—Eso es falso... es una ilusión, pero lo que ahora siento es de corazón; y nadie me lo puede quitar —le contesta la niña, arrojándole el hueco portátil.

—¡Pobres artefactos!, me burlo en tu cara —contesta Sombra, a la vez que esquiva el ataque. La niña, de inmediato, sopla con todas sus fuerzas el silbato.

—Como no puedes pensar en mí, por lo alegre que estás, ¡piensa en tu Pilosín! —ordena Sombra, y Piloso cae al piso, sujetándose la cabeza que parece a punto de estallar.

—¡No soples más, por favor, Karona! —suplica Piloso.

La niña deja de soplar y murmurando le pide a Piloso que le elabore un arma con algo especial. Piloso dibuja y materializa al instante una súper pistola, la cual toma la niña entre sus manos, la besa y le dispara a Sombra, dándole sobre el brazo del dominado Tévecom, quien experimenta una ligera sensación de alegría.

—¡Qué te pareció!, ¡dispara sonrisas esta belleza! —le dice satisfecha Karen Amanda mostrándole la pistola a Sombra, quien huye hacia otra habitación de la estación.

—¡Me pareció que sonreía! —le dice la niña a Piloso.

—¡Bravo! —grita emocionado Piloso.

Sombra está aterrado por el ataque de la niña. En una habitación donde se almacenan suministros, entre cajas de cartón, Sombra cura la herida que le ocasionó algo de alegría. Levanta sus manos, lanza conjuros y una reacción eléctrica se manifiesta para materializar a La Llorona, La Patasola, La Mano Peluda y al Mohán.

La sensación de terror que producen estas criaturas se filtra por las conexiones de la estación de televisión y a través de una melodía macabra llega a proyectarse por las pantallas.

—¡Vayan! Busquen a esa niña y atérrenla; ¡asústenla tanto hasta hacerla llorar! —les ordena Sombra a las criaturas y estas salen en búsqueda de Karen Amanda y Piloso, quienes ya alertados por la música tensionante se disponen a enfrentarlos en los corredores de la edificación. Una niebla espesa lo inunda todo. Las criaturas emiten alaridos, se quejan con la intención de espantar, pero la niña está tranquila.

—¿Acaso los conoces?, no tengo el placer —manifiesta asustado Piloso.

—Te diré, esta mujer que se acerca, es La Llorona… Llorona, no llores más, tu hijo ya apareció, está en las listas del cielo. ¡Es un ángel! Claro que quedan muchas Lloronas aún porque sus hijos siguen desaparecidos…demasiados desaparecidos….

La Llorona al escuchar esa verdad, se evapora dentro de la niebla, dejando una aureola de colores muy superior a un arco iris. De inmediato La Patasola se dirige a patear a Piloso, pero la niña se le interpone.

—Y tú, Patasola, de ahora en adelante no vas a estar más sola; ¡Pilo! Por favor, dibújale un amorcito.

Piloso dibuja una pata para Patasola.

—Eso sí, tengan mucho cuidado con las minas quiebra-patas —recomienda la niña.

Las patas chocan sus dedos y muy enamoradas se evaporan, dejando una estela de corazones luminosos que despejan parte de la niebla. Piloso se sacude nerviosamente, toca algo en su cabeza; es La Mano Peluda que se le encarama sobre el rojo borrador.

—Qué mano tan llena de pelos tienes, Karona —dice Pilo creyendo que es la mano de la niña.

—Esa no es mi mano, esa es La Mano Peluda —dice sonriendo la niña.

—¡Uy! ¡Qué cosa! ¿A esta peluda qué? —A la mano peluda se le erizan los pelos y trata de esconderse.

—Bajo esa mata de pelo hay una mano bella, déjate afeitar —le pide la niña de manera cariñosa.

Piloso dibuja una hoja de afeitar, una silla al tamaño de la mano y aplicando espuma mentolada afeita la mano peluda, la cual se desvanece dejando una suave fragancia a limpio.

—Nos queda uno, ya estoy cansado —dice Piloso.

—Déjamelo…. Señor Mohán, por favor. —Ante el pedido de la niña, el Mohán emite un terrible alarido, alborota su pequeño cuerpo y enseña unas uñas como navajas. La niña se le acerca lentamente y los alaridos y el agite del Mohán van disminuyendo, hasta que la niña está cerca y logra besarlo en la cabeza. Al instante, el Mohán desaparece llevándose el poco de niebla que quedaba. Karen Amanda y Piloso se abrazan, celebrando una victoria más. La música victoriosa de ellos se manifiesta a través de las pantallas, enterando a Sombra de su nuevo fracaso.

—¡Fracasados! Con esos alaridos no tiembla ni una gelatina. ¡Yo invoco! ¡Por el poder que provoco! ¡A terribles pistoleros, veo aparecer! —dice rabiando Sombra, desde la habitación donde se repone de la sonrisa que le hirió el brazo.

Dos peligrosos pistoleros se materializan ante Sombra. Uno de ciudad moderna y el otro del viejo oeste. Ambos armados hasta los dientes, dispuestos a defender su fama de destructores. Sombra les produce un ambiente, con silencios como pausas y música de peligro.

Este ambiente también lo perciben Karen Amanda y Piloso, quienes dejan de celebrar su reciente victoria y se preparan para algo más peligroso. Los pistoleros arremeten y disparan sus caras tristes, que en sus armas reemplazan a las balas, contra Karen Amanda y Piloso, quienes corren por los pasillos de la estación. Un fogonazo de tristeza le da a Piloso en el pecho, al interponerse por salvar a la niña. Piloso cae, haciendo un triste gesto:

—¡Ahhh! Me dieron.

De inmediato, al verlo herido por la tristeza, la niña le dispara una sonrisa y Piloso vuelve a ser feliz.

Avanzan unos metros, Karen Amanda intercambia sonrisas y tristezas con uno de los pistoleros.

—¡Justo en el corazón! —dice sonriendo la niña.

El pistolero cae de rodillas, enseñando una cálida sonrisa; su imagen se desvanece y regresa al viejo oeste. Ante este suceso, el pistolero de ciudad moderna arremete con una ráfaga de tristezas, pero Karen Amanda le da justo en la boca, dibujándole una sonrisa. El pistolero cae de espaldas contra una pared, desvaneciéndose y, de esta manera, regresa sonriendo a la gran ciudad.

—Eres muy buena. ¡No tienes nada de sangre fría! —le dice admirado Piloso.

La niña besa el cañón del arma, del cual salen sonrisas humeantes.

—¡Esa soy yo! Karen Amanda… —dice sonriendo la niña y enseguida grita—: ¿¡Dónde estás!?, ¿por qué no me enfrentas?, ¿tienes acaso miedito…? Te reto a un duelo, aquí mismo. —Ante el reto, Sombra no aguanta más y da la cara. Se ubica a unos metros de la niña, materializando un arma.

—Si eso quieres, te complaceré.

—¡Te voy a vencer! —le dice sonriendo la niña.

—Contaré hasta tres y podrán disparar, uno, dos y tres. —Piloso termina de contar y solamente se escuchan las sonrisas alojándose en el triste corazón de Sombra, quien no tiene posibilidad de disparar y empieza a reír nerviosamente para luego carcajearse a causa del disparo.

Piloso aprovecha que Sombra se carcajea para conectar la conexión mayor del cuerpo de Tévecom, que aún está libre. Tévecom se reactiva, pero en su pantalla alcanza a aparecer la imagen de un ser siniestro, riendo a carcajadas.

—Cuando menos lo imaginen, ¡volveré! ¡Ja, ja, ja!

Tévecom recupera en su totalidad la emisión, pero se muestra confundido.

—¿Qué sucedió? Me duelen mucho las instalaciones y siento los canales trastornados —les dice Tévecom ante el pedido de Piloso:

—Permíteme el teclado. —Tévecom abre en su pecho un compartimento, en el cual aparece un teclado de computador. Karen Amanda se pone al frente, maniobra para comprobar que las sonrisas están en el mundo.

—Piloso, por favor, quiero ver a mi mamá.

Piloso dibuja una ventana virtual, la cual se abre con un remolino en el centro, en el baño de niñas.

—Tévecom, cuide la programación; se la dejamos limpia de tristezas. —La niña pasa a través de la ventana y Piloso cierra el remolino, retomando el tamaño de un lápiz normal; ella lo coloca en su maletín y sale del baño de niñas al corredor del colegio, para comprobar que la jornada escolar recién acaba. Su madre, justo está en la puerta principal. Karen Amanda corre, sonríe y se abrazan.

www.ingramcontent.com/pod-product-compliance
Lightning Source LLC
LaVergne TN
LVHW041546070526
838199LV00046B/1851